夢転

YUMEUTATA

吉田博哉

思潮社

夢転《うたた》

吉田博哉

思潮社

目次

Ⅱ

装幀＝思潮社装幀室

夢転
うたた

I

壁男

ある日　くぐもり声のペンキ屋が来た〈お宅の壁はかなり傷んでます　塗り替えどきです〉それだけ言うと黙って壁を見ている　かれは仲間とは仕事をしない　日数がかかってもひとりで塗るという　壁を見つめてうなずくペンキ屋　なぜか壁抜け男のように思えた

白い服のペンキ屋月谷《つきや》さんは　壁を見つめ壁を捜してくる日もくる日も歩いてきた　壁から離れたことは一日

もない　つきやさんはなぜ〈壁〉なのか考えたことはない
遠くからでもそれを捜すことができた　シミを灰色の笑顔にうかべている養老院や脳病院　トンネルや塔　雨風や夜露で固まったりふくらんだり　暗い水を呼吸している

壁ほど敏感なものはないという　水の匂いを感じて涙目の魚や性器　化石の葉や鳥影　のようなものを浮き出す

ひとは壁のほんとうの力を知らないともいう　つきやさんは壁の辛抱強さにあきれ　感心する　住人の来し方行く末　昼と夜を仕切りながら　永遠のように耐えているのだと　はるばるやってくる水を吸い込みひっそり反芻しつづける　あるとき　不意の美しい吐瀉物にまみれる

ために

いつか通り過ぎたようなうす青いシミ　自分とたわむれるように　遠い空に刷毛をのばす白い服のペンキ屋つきやさん　壁に呟く声ばかりで見えなくなることがある
妻がお茶の時間を告げると　浮き彫りのように壁から出てくる　シミのようによぎるつきやさんが　私の顔をしていたのは　その夜見た夢だろうか　どこかへ抜けるように遠く近く　かれの足音がきこえるかぎり　壁にくるシミの日々はつづく気がする

バラ男

バラはすぐに病気になる　葉に黒かびや白かびをうつした雨風の痕跡をしるす　ゾウ虫を招いては蕾を落とす
見せるものが何もないかのように
昔ローマ帝国の貴族を堕落させた淫美な花　とキリスト教に蔑まれたという
けれど薔薇は　自分のひみつをささやいているだけなのです
どんな嘘や不実にも黙って耐えられるバラ男に　そばに

来ないでそれでも来て
バラが用心深くなるのは　いちばんはずかしい咲き方しか知らないから
七千万年前にヒマラヤ山のどこかで　ひっそり咲いていたというバラの白いためいき

バラはいつも水を欲しがる　月や星を宿した水をあげる　火を映した水　雪解け水　けものが落ちた沼の水
どこから来たのかわからない水をあげる　棒で突いた弘法清水　馬糞もあげる　闇夜を駆る蹄の音しかきこえない馬
前世と来世の泥を鋤き込む　バラ男は放浪者のような汚ない身なり

香りの正体を探して　剣弁高芯咲きか巻貝抱擁咲きかなど夢見て　バラ茶を喫みバラジャムを舐めバラ酒で吐く　間抜けなバラ男
いちばん盗られそうな咲き方しか知らないバラに　蛇の脱皮のように抱きつけばトゲに引き裂かれ　うずたかく波打つ花房が　夕闇を包む聖女の下着のようにゆさゆさ揺れたのだ

とあるさびれた庭前で　薔薇を燃やす老人を見た　秋の陽はとっくに傾いて　煙りの向こうは血のような夕焼け　気がつけば老人は　もうどこにもいなかった

ランドリー

ランドリーの奥さんは布地の色や模様に　隠れているあ
いまいな汚染《シミ》を　ハンミョウみたいに見つめる　シミを
〈生きジミ〉〈病みジミ〉〈死にジミ〉などと呼んで　そ
のつど洗い方を変えるのだ
シミが抜けることと　世間にシミが増えること　どっち
のためともなく奥さんは　いつもひたすら願っている
まっ白いエプロンをひらめかせ　古びたカウンター内で
接客する　眼を外らすと見失いそうな　シミが少しずつ

お客の顔に見えてくる　奥さんはにっこり微笑む　その
いっときが楽しいのだ

汗と血　精液と乳液　尿や涙　お客の分泌液はゆっくり
混ざり合えば酒粕の匂い　ランドリーにシミはおいしい
物　そのかたちが黒猫や廃屋　毛虫や稲妻のようなもの
であってもいい　すべてのシミは　かまいたちのような
時間に染み込んでくる
このシミは何かしら　と呟く奥さんの声は　自分の過ち
でもあるかのように　きびしくもやさしい　服たちの体
臭が急に濃くなり　身の上を語りはじめる
亭主を殺してもらった女が　保険金でその男と暮らして
いる　賢夫人が変態男にとりつく　女が一緒に出した亡
夫のための喪服と新夫のための花嫁衣装　裁判官が女装

のために万引きした服　捨てられたことが分らない男が
出す妻の服　何をきいてもくすくす笑っている少女服

持主に合わせて疲れたと　店内を徘徊する衣類人たち
部屋中があらゆる分泌液と染抜剤で外科室臭くなる　饐
えた臭いの服から立ちのぼる霊に　乗り移られる奥さん
は　時折り教祖さんの所に出かける　ほの暗い眼は原っ
ぱのようにかすみ　シミの上をよぎりながら頭の一点だ
け青空のように澄んでくる

これがシミだと言い当てないと判らないのに　なぜか洗
うほどにはっきりと　エイのように浮かびあがる　シミ
なしでもシミありでも難しいランドリー　揺れる店を吊
り支える衣類たちの間に見え隠れする　奥さんは今日も

シミがやってくるのを待っている

配達夫

若い配達夫は配達物のなかに　一個の小包を見つけた
宛先は津波に呑まれたはずの地区　ああ　この家は助かったのだ
夏の日の暮れ方　防風林の松や並木の桜でかこまれた
海辺に近い漁師部落
顔を剝ぎ取られた家　蜘蛛の巣じみた家　流れ着いた場所におどろいている家

辺り一帯は解剖されたような光景　漁具小屋の石垣に貝のように取り付く小舟　棒杭に掛かった抜け毛みたいな網　番小屋で水底をきいているタコ壺や錨たち　配達夫は潮と砂の匂いだけが流れる家々をまわる

逆光が瓦礫に伸びるとあの世でもこの世でもなく　多くの死者が立ち混る　ここは浜道　墓地　あれは果樹園　駅

金色の海風とすみれ色の陸風のなかで　ふと小包の軽さにおどろく　配達夫は人気のない漁師部落で　夕陽のどこかに現われては隠れる子供の姿を見た　消えた子供を覚えている日が一瞬浮かべた影絵

〈一つ松、あはれ一つ松。人にありせば　衣著せましを。〉（書記歌謡）一本松を曲って村の八幡様の広場に出

た
いつから集まっていたのか　ぎっしり並び立つ村人たち
が　静かに火を囲んでいた　配達夫に気付くと一勢に振
り向いた
おそるおそる小包を差し出せば　届くのをずっと待って
いた　と皆が口ぐちに礼をいう　老婆たちは涙を垂らし
ていた
彼はそれから魚尽くしの浜料理を振る舞われ　自分がど
こにいるのか分らなかった

わたしらは過去の部落からやって来た　仏が上がって弔
っているところだ　年は十三歳の娘だという
火葬する娘のけむりが上り　娘に届いた小包も燃える
弔が済むとけむりのように村人は消えていた

彼は急に老いを感じた　村人を数えてはいけない　数えれば死人が増える　今も小包をかかえて歩く配達夫　届ければかならず受取りに　昔の村人たちはやってくる

未決囚

ひとりのホシを追って　男の故郷にやって来た初老の刑
事　辿り着いた夕暮れの村は　夜桜の宴の最中だった
村が沈められる最期の桜だ　今夜は心ゆくまで花を眺め
明かそう　定めを知ってか　ここを先途と咲いているよ

長年男の足どりをたどってきた同郷の刑事は　自分の村
を沈めるダム会社の社長殺しを　とても他人ごととは思
えなかった
花の下で女の酌を受けている男から　どうしてか　目が
離せなかった　男の帰りを待っていた女と勘で読めた

そのとき不意に振り向いた女は　とうに死んだはずの自分の妻だった　宿で目醒めた刑事は水のような汗をかいていた
あれからもう七年にもなるのだ　花びらの浮く湖面を眺めながら　再び現場に舞い戻った自分が不思議に思えた

おれが何をやったというのだ　自分さえろくに生きたことがないのに
事件は漠として行き　男は監獄で自殺した　すでに退職していた刑事にとって　過去の劇務は　今もって安息を与えず〈現場百回〉徒らに夢見つづけた

日の暮れ　遠い村の　小石がのせてあるだけの男の墓に　刑事は自分の影をかさねて　花を挿した

冤罪

未決囚の彼は　一家四人を殺害したかどで投獄された
便器と机一つの二帖の部屋で　十二年もの拘禁による過度の神経症に陥り　相手を正視することはしない
犯行の前後のことについて　眠らされず昼夜を問わず自白を強いられ　誰もいないのに声がきこえるようになった　壁の奥から声は漏れ出てきた
老練な検察官と観察者の前で　いつしか彼は追憶するように犯人を演じていた

現場の光景を見せられ　犯人の足取りを繰り返し聞かされ　夜となく昼となく誘導される情景が　彼のなかになだれ込んだ
血の中に子や母親がころがっている　恐ろしい場面が彼を追って　映画のスクリーンのように繰り返し演じられた
都内の繁華街　路地裏を行く犯人に似た自分が見える
焼鳥屋を覗くと腰掛けているのは共犯の女そっくりだ
ただ　ただ遠くへ行きたくて海岸線を走る列車に乗った　一緒の車輌で駅弁を食べているのは　殺されたはずの家族だ　通過した見知らぬ駅のホームで　犯人がじっとこっちを見つめていた

自分のアリバイをさがす日日と　真犯人をたずねる妄想の日日と区別ができず　長い監獄暮らしの彼には壁もなかった
仮釈放で故郷の家に帰った　窓から内を覗くと　男が妻と睦まじく食事をしているではないか　やにわにとびかかっていった彼は　逆に押し倒され首を締められながら　幽かな息の下から見上げれば　男は自分の顔をしていた

ある日彼は所長に再審が叶ったと告げられた　だがその意味が判らず　首吊りのゆれる家のような顔をしていた

秋の男

彼は昔　或る資産家の運転手をしていた　老主人の若い夫人をよく近郊の湖へ乗せて行き　夫人が楽しみの絵を描く間　彼は魚釣りをした
水面に揺れる秋の樹海は　近くの古戦場から来た武士たちが　刀や傷口を洗いでもしたかのような色をしていた
夫人のリアルに描く静謐な風景画の葦の岸辺などに　時折り膨張したけものや服のような物が浮いていた　それをこっそり仕末するのも彼の役目だった

車椅子の夫人はひそかに彼が所有物のように扱える唯一のものだ　車椅子に化したように夫人の気持を感じて動かした
自分が見るのか夫人が見るのかわからない湖に　老主人の水死体があらわれた
不思議なおののきにつつまれながらも　何かを確かめずにはいられなかった　竿で引き寄せると忽ち湖面の秋は崩れ　裏返った顔が自分だった
彼をよぎるようにどこにでも顔はあらわれ　昼月のようにつれまわした

車椅子を押して渡り廊下を歩く　遊技室をめぐる　やたらと玄関を出入りする　彼には階段と部屋　浴場や地下

室をつなげて考えることが出来なくなった
建物のなかにはたくさんの小路があり　林はいたるところにひろがっている　茜色の湖をとりまく秋の樹海を
高い山々が囲んでいるのだ

遠い施設で男は今も　見えない夫人の車椅子を押して
風景の奥の湖を　ひがないちにちめぐりつづける

山吹

「山吹の止む時もなく恋ふらく思えば」（万・一九〇七）

登山の折　斜面に何か白いものが見えた　掘り出してみ
ると骨だ　猿か鹿のものかと思い谷川で洗ってみると違
うようだ
警察に届けて半月もすると　山で遭難したらしい若い女
の顎骨で身元も判明した
その後私は警察から呼び出された　遭難死体なら先に首
が落ち　ボール状に転がる　次に顎の骨が外れ他の骨は
辺りに散らばる　と説明された

それから親が娘の遺骨の出た場所に案内して欲しいと言うのだ　老いた両親をつれて行き　他の数本の骨も拾えた　皆でその場所に花と水を手向けた

翌年の初夏　ふたたびその辺にさしかかった　山霧の中をめぐり歩くうちに　下山路に迷い　ようやく辿り着いた山門に「夢窓寺」とよめた　境内は山吹の花が咲き乱れていた　食べ物もなくなり急に疲れも出た　頼んで泊めてもらった宿坊で　膳を運んできた役僧のあとから僧侶の若妻らしいのが酒肴も運んできた

今日はあなたの来るのをお待ちしていました　お陰さまで親元へ帰ることができました　女は静かに身の上を物語った　わたしは僧侶の夫と弟の盲僧に愛され　その闇

に目くらみ　弟と滝壺へ身を投げました　紐が松に絡まり自分だけ助かり　生きてはいられず　山中をさまよい　あそこでたおれたのです
今夜はゆっくりおやすみ下さい　そう言って金襴の床を延べてくれた
疲れと酔いのまわった私に弟の盲僧を重ねるのか　もう決して離れません　と恋うる女にむさぼられるように抱きしめられ　ふぬけのようになった
気が付くと私は朽ちた山門に凭れていた　辺りはただ山吹の花が咲き乱れているばかりだった

あんなに迷った路も難なく脱け出られた　麓の温泉宿に着くと　宿のおばあさんが　目を丸くして言った　あの道はもうずっと前から廃道になっている　人など歩けた

もんじゃあない　ようもまあ帰れたもんだわ

宿坊

食み出たようなある日　観音寺の宿坊の待合室にぼんやりして居ると　見知らぬ男に声をかけられた
どうしてこの宿にしたんですか？　ここにはいちど来たことがあるんです　宿の方が私を忘れているので　初めてのようなものです　思い出の宿ってわけですか　で明日のご予定は？　取り敢えずここへ来たものだから　取り敢えずまたここから出て行きます

女形のような声のおそろしく太った役僧が現われ　お客さまどうぞご案内します
僧に従いて長い廊下を行くうちにさっきの見知らぬ男は　なぜか私を知っていたような気がした
姿は見えないのに女の笑い声　飲食の猥雑な音　喃語や男女の諍い　小供の悲鳴　宿坊には精霊や無縁ぼとけが数限りなくうろついている

奥まった別舎に案内され茶を喫んでいると　掛物の美女がささやいた〈待って待たれるまでの楽しみよ〉それから数人の遊女姿が障子に火をつけて遊び始めた　燃え広がらないのでつつしみのある芸と感心する
女たちが消えるとこんどは喪服を着た小人のような男たちが　台座形の物を運び込んだ　彼らの指は細くわらし

べのようだ
あとから大きな棺を大勢で重そうに運び入れて台座の上に安置した
顔のそばに枕飯を置いて女がはらはらと涙をこぼした

棺の内には安らかな私の顔が見えた　するといつの間にかあの男がそばに来て　泣く私の妻を抱きしめているではないか　その瞬間思い出した〈そなたは明日生まれ代る　観音寺へ行け〉　観音に告げられていたことを
すると私はあの見知らぬ男に生まれ代るのか　ではあの泣き女と好色漢のために死ぬ私はいったい何だったのか
ありがたい薬湯のまどろみから覚めて気付いた　死んだ前夫の前で泣いた彼女の肩を抱いたあの男こそ私だっ

たと

鱗状神経

ぼくは医者に言われた　からだを移動する隠れ神経痛
発作的に現われ　鱗接してひきつれじょきじょき始ま
る　近くの公園のトイレで服をまくると消えている　あ
あまたしても〈蛇逃げて我を見し眼の草に残る／虚子〉
巳年《みどし》生まれの母を想う　蛇は弁財天の知恵に導く使いと
か　どこか奥深い境界層で起こる鱗状方向のずれ　ちぐ
はぐに外れた蛇の顎のような肉と鱗のあいだ　痙攣する
ぼくは両方を生きねばならない　ひとりでは生きて行け

ないふたりではなおいけない

ぼんやりと撫でてみる消えた痕跡　遠い犯行現場のように思いを馳せる　行きつ戻りつ読み返す日日　遠くなるにつれて近づく草のさざめき　聞きもらした言葉尻を追うように　よろけて意味の草を踏み荒らせば
草むらの知恵あるクモが言った　終りないわが道は情欲に通ず　道糸でぐるぐる巻きに抱きしめ痺れさせる
痺れエイの話を聞いた　長い航海で雌のエイを妻にする漁師もいると　しびれるぼくは漁師であり雌エイなのだ　もつれる舌で裏返る

揺れる草むらの向こうに夕暮れの鱗雲　坂の上から眺めた田舎町には　少年のぼくが住んでいる　アセチレン灯

の臭気が流れ　蛇神さまの太鼓のひびきに渦巻く　うろこ波寄せる岸辺に座す弁天さま　波を奏でる島の洞窟にあると聞く　竜宮の調べ

つねに母の足音に犬の耳を傾ける　岸辺で魚釣りながらも犬　尾に鼻を埋めて寝る犬　猫女を妻に持つ男は犬の体温になる　犬が迷わないのは死者の匂いを嗅いで歩くからだ　犬を捨てた男が子供のような低い目線で歩くのは犬の霊がつくからだ　その田舎町の人はみんな同じ犬をつれて歩いている

あなたの痛みはたぶんに脳で感じる心因性のものです　脳の一部をこわさねばという医者め　キルトの布団にくるまれば神経迷走して　言葉をしゃぶるようにしゃべる夜中　わが語身体にしのびこんできてずれを招く鱗状神

経に　またしてもぼくは共振していた

キノカワガ

樹皮のなかから現われる蛾　樹皮のなかへ消える蛾　い
ったいどっちなのか　衣替えの小さな巫女《みこ》
自分ではないものに成ること蛾　自分に成る蛾　全身灰
緑色のまだらの背　起立した鱗粉でもり上り　櫛形の触
角と　腹部は紡錘形の木皮蛾《キノカワガ》
石や樹皮にそっくり　苔の色まで織り混ぜた綴れ衣　極
小の目だけが緑金に炎えている

じっと見つめて周りの物そっくりに染め替わる　真似する蛾にまねられる樹は　自分の方が化けの皮のようで不快だ
蛾を忘れようとする　それが隠れ家になってしまう　木の皮のどこから蛾なのか　いる蛾いない蛾　前世と来世を送り返して戯れるように　じぶんを横切る

腐葉の貼り付く木戸　崩れた地蔵の鼻　土塀の染みをまねること蛾　じぶんをまねることになるのか　消え去るさなかを生きる
かつてそこにいた痕跡のようだ　真似からまねへの束の間　日ざしが横にずれるように搬ばれる消体
空家の窓に貼り付いて何をのぞく　見つめられると部屋

は灰緑色の人影をゆらす
曇るガラスの上を　ゆっくり渦を描いて這い回る　放心状態のそで振る巫女　死者の唇みたいな身を震わす
いったいどこへ行ってたの　ごはんが冷めますよ　紛れもない母の声　もしかしたら私は死んだのかもしれない
母はとても饒舌に後生のくらし　叱ることばを繰り返す　ことばよことば　そのなかにしかいない母
何度騙されても口寄せして欲しくなる　なにもしてやれなかった親なので　つい感動してしまうのだ
あらゆる場所にあらわれては　見つめるものに乗り移る　私に憑きまとう千変万化のキノカワガ

もう日が暮れる　夕映えは鱗粉の鏡　一瞬ぱあっと炎え上がり　今もあるかのような空っぽのわが家を搬び去る

Ⅱ

椿の旅

湖岸の村のいたるところに椿の林が広がっている　ここの椿は村人が死ぬとよく咲くという　そんな椿を〈水魂《みずたま》椿〉と呼んで村人は哀れむ
いつか雪の日にやって来た巡礼の母と子　めくらの娘が水に呑まれ　母が岸に挿した小枝が今の菩提寺の大椿
昔から鳥や風にたよらない椿は　遠い地に移り住むために旅人を待っている　その返礼は常緑の小枝をわたすこと「生は寄なり　死は帰なり」（淮南子）と告げたのだ

大椿の陰に佇む私に　湖がささやく　〈さぶり　さぶり　ほうら〉　群青色の深間のお寺　あの椿の下でむかし水に落ちた娘　枝からくり返し首から落ちて遊んでいる

むすめというものは　あんな人形流しみたいなたびごこち　のぞくものの水影を道ずれのように　こっそりからだにしげらせて　嫁にする男がこわがらないように　旅装束を白玉椿に隠して　仮そめの縁にやってくるもの

思えば岸辺の村から立ち去り立ち戻りしていただけのような私　かつて父の姿で娘と結ばれ　いま私の老妻になっているのも　あの娘ではないだろうか
椿の花を活ける妻を見るたびに　おばあさんの口ぐせを

憶い出す　〈椿にゃ気い付けな　むかしから椿ほど旅する木はないからの　椿にゃ気い付けな〉

千切れ雲のような地図を集めて　村のいち日を尋ねて行く　いつでも花ざかりの村は　誰かに盗られそうでならない

椿の小枝を手にさっきすれ違ったのは　母ではなかったろうか　まるで生疵《なまきず》のよう　私につきまとい　どこにでも顕われる〈影向《ようごう》村〉

捜私記

湖面に村が映っている　集落への細道や豆粒みたいな人影　灰色の村絵図でも覗くような私に〈村は近い〉女は舟の舫いを解くといきなり湖上へ漕ぎ出した
〈こいぶち　こいびと　ひとさらい〉　呟く女が舟を寄せれば　どこまでも後ずさる村　女は幼い私の親代りをした従姉《あねさん》そっくり　神憑きの姉さんが長い髪を振れば　水面に波紋のような笑いが広がる

日向村と日影村の岸辺を漂う舟　近付く者は櫂音だけをきくという

日の工合で籠脱けに見える〈回顧《みかえり》の吊橋〉　そのたもとで少年の私が両手を挙げている　脇に佇つのはあの女だ　大勢の村人が集まる桃の花咲く〈御手座《みてぐら》〉の前いましも少年が墓の祭場で燃やされるところ　あれは流木で作られた再生の人形　塞の神に奉る

今でも互いに死んだ者の名で呼び合う隠れ里〈嘘つき村〉　本当を言えない村人に紛れて私も暮らす

曲馬

黒布で目隠しのまま馬上に倒立する少女　馬の尻の上で
するりと手を滑らせ　ふっと消える　逆走してくる馬と
すれ違う瞬間　その馬上に倒立のまま現われる
逆走また逆走の馬への見事な乗り移り　怪しみながら私
はいつ果てるともない曲馬を見ていた

二頭の馬にはそれぞれ双子の少女が　馬の胴体に抱きつ
いていたのだ　すれ違う瞬間　内側のが尻の上に倒立

し　外側のが腹の下に隠れる

行きが戻りにかさなる瞬間　双子の少女が交互に消えては現われる　曲馬を見つめていると　やっぱりひとりの少女のように見えてくる　すれ違いの瞬間にしか生きられない少女

馬から降りたら少女はおそらく傷だらけだろう　少女の傷に酔うように走りつづける馬　私はいつまでも見て飽きなかった　逆走する二頭の馬が互いのなかを走りぬけるような　曲馬を母と見た少年の日
幾山河を巡る旅芸人が　曲馬の瞬間で暮らしを立てる
彼らと違いはあるのだろうか　田んぼの薄氷や旅宿の月に　一瞬の影を映してきた私

いま墓の石鏡が私の馬面をゆがめるのは　遠い秋のいち
日からやってきた　あの瞬間の母の笑顔が　かさなって
映るからだ

自転車

蜜蜂の尻振りダンスで眩ます夏　すだれ越しに覗くと
壁に凭れた自転車が　クモの巣状の透視図を地面に投げ
かけている
漕がないと車輪が消える　漕げばぼくが消える　どんな
に走っても離れられない子宮形のサドルよ　股に食い込
んだ感触は消えない　いちども行き着いたことのない
日日は流転の消失点と結びついていた

乗り捨てられた自転車に父がやって来て　穴だらけのタイヤに空気を入れる　赤い頰袋をふくらませた七面鳥だ　興奮すると青い突起をふるわせる　父の現実はざるで水を汲むやり方で　死者の腹を肥やす空物《くうもの》ばかり　見て見ぬ振りの三本指の巨人の夏に　父は人差指を唇に立てた

アセチレン灯の臭気《ガス》が女たちの羽化を早める　大国魂神社の暗闇《くらやみ》祭から帰る自転車で　闇路を急ぐ父とぶつかり水溜りに落ちた地天車　脱臼したぼくをぼくからつれ出し外科へ運んだ

怒らなかったのにはわけがあった　既にあの頃父とぼくは　女たちの貶す言葉で結ばれていた　男は〈夢〉を持つことだ　死をきざむチェーンの情欲　奇妙な愛に蔓延《はびこ》

られていた父
嗤う母や妹たちに憎まれ　リヤカーに積んだ荷物だけで家を出た　が父は今でもジテンシャには乗りに来る

右を父の手で左を母の手で握るハンドルさばき　子宮形のサドルに跨がる浮いた身で　ぼくは絶えず進退の向きを変える　ときに狂ったギアが肉を咬めば　血はぎゅーるぎゅるさかのぼる
向こうから父が笑って来る　銀行町を抜け木造駅舎も過ぎたのに　漕いでもこいでも近づかない　輪っかを回るリスの自転車
ふと見るとバックミラーに父の影　漕がねば風景も家族も消える　漕げばどんどん遠去かる　いちど外れるとすぐに脱臼する現実　母の憎む嫁をつれてぼくも家を出た

家族の有為転変にかかわらず　上って下るペダルでめぐる放射線の車軸から　どこにでもあらわれる自転車よすだれの向こうでかれらもゆれる　さびしい夏は何も語らず　徒にユリなんか揺らして　いったいどこへ行くのだろう

積石塚

山で傾いた積石塚《ケルン》に出会う　重い荷を降ろし崩れそうな
石塚の傍に坐り込み　遠い峰に浮く昼月に眼を遣る　こ
こはいつか通った気がする　ひっきりなしに誰かがいま
も通って行く　石の上をひっそりと滑って行く影たち
舟石は行方不明を語る　鏡石は連れと行き違えた地点を
揺らし　猫石は山の蜃気楼の方を向く
それから積石の隙間から覗くとはるか　私の山旅につき
まとう村が見え　多くの人が薄青い倒景のようにゆらい

でいた

星の時間があらわになる　行く手にそそり立つ大峠の向こうへ　日が落ちると　急に村が迫ってきた　物音も立てず家々のあちこちに佇ち尽くす人影
山の日の暮れは早い　清らかな月明りが辺りを照らしはじめると　今日はもうこの村に泊るしかなかった

宿を乞いに近付けば　どの家の庭前にも魔除けのような石塚がある
こわれた垣根の向こうから老婆が手招いた　はじめかおわりか　おまえさまもつんでみなさるかの　一個の石が手渡された
村の者たちがぞろぞろ出て来て　私の手元を見つめてい

る　移ろいめぐる月明りが村人の顔を照らし出した　老
若男女のことごとくが　三日月形の眼で笑う恵比寿顔
で　どの顔も私の父と母にそっくりだ
何ということ　ただこのためだけに自分はここへやって
来たのだ
手がふるえ　思わず石を取り落とせば　大きな音をたて
て　積石が総崩れを起こした

山の風がサアーッと吹いて　猫魔ヶ岳の蜃気楼はすでに
跡形もなかった

夜の日時計

満ち欠けてはカニのように甦る月の夜の公園　尖った二
本棒の日時計が立っている　両耳を立てた兎の霊感師
が　三百六十五夜の一夜を青白い影で指す　陽が気まぐ
れに付けた名を　ひと色に戻してめぐる　兎の国の族霊《トーテム》
みたいな夜の日時計
兎唇にもつれるように　遠い日の〈一夜〉を呟いた
おぬしの　いも　いもおとは迷子のように佇んどる　と

兎はいった　公園のあらゆる小路が物語のように絡み合う　ひとつのばしょにネ
妹は一夜おぬしの下宿に来て泊ったとき　一つ布団にねながらおぬしのからだにじゅんすいに　兄だけを感じて
満足したんかの　きちゅきちゅ　と兎
妹がおるばしょはいつもおるところのまうしろだから〈夜の日時計ちゃん〉と呼べる
あ　あんまり目を凝らすと見えなくなる　捜さないふりをしないとダメ　と兎はいった　妹は一夜一つ布団しかないのを知ってて　兄のおぬしのおとこの臭いを感じて満足したんかのお　ふぎゅふぎゅ

妹はお婆さん　の服を着とるかもしれない　妹は一夜布団が一つしかないのを知らずにねて　おとこの日向くさ

い臭いを感じたことを　おぬしに気付かれなかったと思って満足したんかの　くやくや
妹は一夜おぬしが兄であるから何も手出しできんのを予測して　おぬしのジレンマをたのしんで満足したんかの　あんぐあんぐ
妹は一夜おぬしの手がどんなに伸びても　じぶんが何かをまっておるとは　おぬしに気付かれんだろと　スリルに満足したんかのお　もぎゅもぎゅ

妹は公園の園丁も知らぬ深い池におる　と兎はいった
三百六十五夜のなかにも見あたらない一夜　妹を愛するおぬしの手からすり抜けながら満足したんかの　しょぎしょぎ
妹はふるい恋の替えうたのようにやってくる　妹は一夜

……むちゅーる　うちゅーる　それから兎は何といった
か
この公園はいったいどこの町だろう　水仙池の辺りに立
つ少女の裸像が月光に照らされ　晷針《きしん》を動かされた夜の
日時計　笑う月を見上げても　もう兎はいない

犬目の男

春の彼岸ともなると　背丈のひくい男は一日中うろつき
徊る　人気のない白昼の裏通り　後ろから近付かれた犬
が寒気を感じてか　男の後ろに回りこんで吠えかかる
犬が男の顔をしている
男が目を凝らすのは　日向をよぎる妻の影が見えるから
だ

スーパー店の入り組んだ通路で　上目遣いに男は何度も

空似の女を見る　同じ紋柄の靴下や帽子の女に近付いて
はひどく睨まれる
売場に並ぶエプロンや肌着　花柄の手袋やブローチな
ど　何を見ても妻を物語る　それをよむ嬉しみのため
に　思わずマンビキしてしまうのだ

鏡に夏草のように映った妻　男は犬の目付きになる　遠
くゆがむ日暮れの町　電波塔や陸橋や時計店たちが　ビ
ルの大ガラスに影をざわめかし　いつまでも通り過ぎた
もの　日々の行方を物語る
店頭のランの花がまだらな道化師のように男を見てい
る　犬屋の二羽のオウムが〈オハヨ　アホヨ〉と言い合
っている　道が曲がって消えていこうとする　犬目の男
には街の地図が反転図形にしか見えない

雨が降ると出かけて行き　遠い駅で見失った妻をつれて
帰る　柄も抜けて浮くような傘のどこを握るのか　人に
は見えない彼女の手　いつもまっすぐ家に帰る　明りが
灯る窓に影が映る　明りを消すとこの世のようにそばに
来る〈おあずけ〉のようなもち月の妻　他人が見たらす
でに空家　ひとりにされたことがわからない犬目の男

秋の彼岸ともなれば　見せかけの街を行く犬目の男のう
しろ姿が見える　行く先はだれも知らない

カラス

家族と別居して暮らす父の部屋から　時折り　誰かと話す声がきこえた　飼っているカラスと話しているのだ
不在のとき押入れの布団の奥を覗くと　桃色のネズミの仔が蠢いていた　聞くと毎日仔が産まれるので餌には困らないのだという
いつも黒いマントを羽織っていた父　窓に影が映ると帰っているのだ　ある夜さざめく音に混って若い女の笑い声や　父の吟詠する声まできこえた

躊躇いがちに覗くと呼び込まれた　父の姪のイクコだった　子供の頃よく遊んだが　家族と共に十五歳で満州に行ったきりだった
大きな薄墨色の眼と細い指の娘で　いつも小学生用の手袋をしていた
紺青色のワンピースのイクちゃんが廊下に出たとき　また会いたいと言うと　お父さまにきこえると大変よ　屋根の上でカラスが啼いたら　この服を着て楽土寺に来て　と白い服を押しつけた

訝りながらも待つことを忘れていたある日　〈アワーレ　コワーレ　カワーレ〉三度のカラス声にあわてて服を着替え寺へ走った

枯枝でも落ちたような音に振り返ると　沫雪の境内に黒
い姿のイクちゃんが立っていた　小さな手をとると　あ
たしの冷たい血は　あなたの息吹きでしか流れないわ
でもあなたは血を吐くほどつらい思いをするわ
言い終らぬうちにしのび寄る黒子のような弟や妹や父や
母　姿を変えた黒い家族に群がられ引き裂かれていた

墓の供物をカラスが喰うと　供えた者の魂も楽土に往け
るという　旅がらすの父の墓守りはぼくしかいない　絶
えずわがことのように寝相を変えてやる　自分で寝返り
を打てないかれのために

娘の馬

父親は寝ても覚めても　自閉症の娘のことを考えてい
る　大好きな乗馬から落ちて頭を蹴られた娘　馬頭付車
椅子の娘は発作　痙攣　夢遊をくり返す
娘は〈馬〉を見るだけで自分に戻れた　胸にすり寄って
くる鼻面に接吻し　跨がると落着けるのだ
乗ると馬はまっしぐら　遠近に揺れる風景を蹴ちらし駆
けぬけた
止まって地を蹴りぶるぶる噴く泡や腹を拭ってやれば

激しい尿でからだも濡れた

馬頭を取り外すと食欲を失くし　頭痛と耳鳴りで暴れた
〈あたしを汗で濡らす　あたしの馬〉　たてがみにしがみ
つけば　馬は黒いガラスの目玉で　首を上下に振りはじ
める
そのうち娘は馬そっくりに後ろも見え　落ちた場所がく
り返し現われた　怯えるように自分の影を蹴って走った
〈蹴られて死ぬ　けられてしぬ　十六夜《いざよい》馬が迎えにきた〉

蹄の音に父は戸を開けて見ると　娘が帰って来た　馬に
乗った娘が月の光を浴びて　庭をぐるぐる回っていた
笑う娘がなだめて遊ぶ馬を飽かず眺めていると　開かれ
た自閉の野のかなた　娘の馬は　〈青峰《あおね》ろにいざよう

雲〉（万葉集三五一二）のように　忽ちどこかへ消え去
った

旅先の草原で父は馳っている野馬を見た　目を凝らす
と　衰え知らずの西日のように長い影を踏んで　群れて
馳る馬の上に笑う娘がいた　いまではどこで見る馬にも
娘が乗っていた

お告げ

ある善人が自分は死んだら何に生まれ変わるのでしょう　と仏に訊ねた　〈そなたの来世は豚じゃ〉　告げられた日の夕暮れ　家へ帰る峠越えの途中霧にまかれ　森の中のけもの道を辿っていた
ほどなく月が出て　辺りは昼のように明かるく　花咲き乱れる隠れ里のような村に出た
なぜか昔を思い出させる一軒の家に人影が見えた　道を

尋ねようと近付くと　戸口まで出て来た女は何と妻であった　その不思議さに　何でこんなところにと見詰めていると　何をとぼけているの　ここはあなたがわたしのために建てて下さった住家でしょ　男は訝しく思いながらも　妻の言うことにいつも間違いはないのだった

ちかごろわたしの眼はとても悪いので　遠近がよく分らず　物を元の場所に戻せません　壁さえ靄のようなので　内なのか外なのか区別がつかないほどです　だから急かされるとすぐに逆上します　でもそのすぐあとの悲鳴のような声は　実のところ笑い声なのです

いよいよ変だと感じながらも　男は仕事で暫く会えなかった妻を見て嬉しくてならなかった　遠目は効かなくてもわたしは知っていました　耳がとてもよく効くように

なったので　あなたのお帰りをずっと待っていました
お食事の前にお風呂に入ります　わたしは絶対にけっぺ
きなものですから
そう言うといきなり裸になり裏庭の窪地に入り泥浴びを
はじめた
それを見て男は自分はもう死んで生まれ変ったのだ　と
思った　自分も妻といっしょの泥浴びがしたくて　豚の
ように転がり込んだのだから

そして妻を抱きしめた瞬間　逆上とも悲鳴ともしれない
声に驚いて見まわすと　自家のわきの豚小屋のなかであ
った
以来男は仏のお告げも有難く　死んだ妻の生まれ変わり
豚にひざまずき　ワラシベのような手で腹を掻いてやる

のだった
すると夢とそっくりな現実に　どこからともなく薄日が
さし　コナラ林を匂いのいい風が吹き抜けた　その時
〈うちの豚児が〉といった父を思い出したのだ

父の馬

父は私の知らない村に持仏堂のような廐を持っている
——この仕事先を告げないことが　母に捨てられた原因
らしい——何度か連れて行かれ　父の馬を見た
大きなガラスのような眼球を覗くと村が見え父が映って
いる　熱い尻の毛皮の緻密で手も弾かれそうな重量感に
めまいを感じた
一点を見つめて奔馳するとき　三馬身もの影を落とす黒
い馬　競馬好きの父は馬の話になると際限がない　特に

馬銜《はみ》の工合が悪いとやたらに空気を嚥下《えんげ》して　何かをむやみに恐れるだけの馬になる　健全な馬は馬頭観音のように笑いを秘めるという

蹄鉄が合わないと蹄の内側が腐敗する　深い窪みが埋まると馬としての天性を失い　一物の巨大なロバのような歩き方になってしまうし　牝馬《ひんば》ならよろめいて流産してしまう

そんなとき父は一晩中廐に寝て看病する　てん足娘の蹠のようにそっと搔いてやると　伸縮する唇を大きく裏返して〈ヌヒーン　ホンホン〉笑う馬が父に語る　わたしめが病気で死にかけて売られそうになったとき　旦那さまはわたしめの鼻を吸って治してくれました　あれは中国の古い廐神の猿をまねたのさ　お前がすっくと起き

たので驚いたよ　俺はあれ以来背中が痒くなるようにな
った

背中の痒い父が草原にねて　身体をS字にくねらせ奇声
を発する　馬が父の胸の地平線をのぞくように鼻を寄せ
る　いったいどんな快感なのか
半身馬の父が四肢で空をたどるので　小栗判官が馬で梯
子を登るように　地平線が垂直になる
ゆらぎ迫る地平線に向かって繰り返し跳ぶことで　自分
を取り戻すらしい父は　それを天馬とかいうが　私には
バッタめいて見えるのだ　父の話は大げさでそれも母に
愛想尽かしされた理由の一つである
しだいに父の熱狂と捏造による多種多様の馬具の音ばか
り降りそそぐ　辺りの林がパイプオルガンのフーガのよ

うに鳴りひびくのは　父の顔によせ集めていた蹄鉄形の
防具が　時折り剝がれ落ちるからだろうか

隙きゆく駒に父をしきりに思うこの頃　私はもういち
ど　父のその死暮らしはどんなか尋ねて見たいと思う
行くとき見え　戻るとき見えなくなる地平線しかない父
の村はもう　すぐそこである

あとがきに代えて

実のところ川や村や人が、存在しているのかどうか、実感がうすい。夢と現実の境にかろうじて暮らしているようなのだ。そこは回り舞台のようでもあり、移ろいながら事態はいよいよひどく（転《うた》）なるようなのだ。

在るものは忽ち消え去り、失われたものたちは絶え間なく回帰する。だから私にとっての日々は、六道ならぬ夢道輪廻のようなものなのだ。

音もなく百年の通過するこの庭で、くるめきながらその日暮らしをするばかりである。

二〇一三年盛夏

吉田博哉（よしだ・ひろや）
一九三三年　東京都新宿に生まれる
一九七四年　詩集『女限無』
一九八三年　詩集『死生児たちの彼方』
二〇〇四年　詩集『夢梁記』

所属　「日本現代詩人会」「光芒」「新芸象」同人、「GANYMEDE」寄稿

現住所　〒三二五―〇〇三四　栃木県那須塩原市東原一三一―二四二

夢転《ゆめうたた》

著者
吉《よし》田《だ》博《ひろ》哉《や》

発行者
小田久郎

発行所
株式会社思潮社
〒一六二—〇八四二　東京都新宿区市谷砂土原町三—十五
電話〇三（三二六七）八一五三（営業）・八一四一（編集）
ＦＡＸ〇三（三二六七）八一四二

印刷所
三報社印刷株式会社

製本所
小高製本工業株式会社

発行日
二〇一三年十月二十五日